JOSÉ NAHME

Necromántico:

y otros cuentos de penumbra y soledad

Necromántico: y otros cuentos de penumbra y soledad
Primera edición 2021
©José Nahme
https://josenahme.blogspot.com/
Maquetación:
Editorial Winged
Cuidado de edición:
José Nahme
Portada:
La noche boca arriba – Manuel Dena
Ilustraciones de interior:
Manuel Dena
Diseño de exterior:
Emanuel Muñoz

Publicación independiente

Hecho en Zacatecas, México.

Índice

Para conocer la virtud
primero debemos
familiarizarnos
con el vicio

Marques de Sade

Te regamos de lágrimas

Esperando que brotaras

Y aunque no despertaras

Seguías siendo igual de hermosa

¿Recuerdas que publicaríamos un libro?

Bueno, este es para ti

Para Arlin. Mi cosa.

Antes de Empezar

¿Por qué hablar de monstruos y fantasmas? Hablo de monstruos por las personas que abusan de su posición en la sociedad (líderes corruptos, narcos que arrasan comunidades, todos aquellos que nos despojan de las personas que amamos). Y hablo de fantasmas por aquellos seres que aun debiendo trascender a otro plano, insisten en quedarse aquí con nosotros, en la memoria.

Te advierto que este libro tiene contenido que puede herir la susceptibilidad de varias personas, pero siendo realistas, ¿Qué puede herir la susceptibilidad de un Latino en pleno siglo XXI?; no obstante, espero este libro te pueda servir como una gran lección.

El humano ronda en una búsqueda continua de placer y se nos educa para tener un culto y consumo del mismo. Pero ¿Hasta dónde puede llegar el humano por placer? Si somos atentos del mundo actual, no es difícil la respuesta. Violaciones, robo, terrorismo, abuso de poder, trata de blancas, esclavitud, pornografía infantil, lamentablemente etcétera. No es difícil dar una respuesta, el humano se tortura continuamente, por lo menos en ocasiones, no de manera consciente, para lograr el frenesí más alto, pero ¿A qué costo? Y ¿Por cuánto?

Pues este libro es una muestra de cómo la búsqueda de placer nos puede llevar a la tortura, hasta la penumbra, cayendo en una enorme soledad, muchas veces sin habernos dado cuenta.

Yo no creo que un libro no sea apto para alguna época, es la época la que no es apta para el libro. Movilizados por una falta de pensamiento crítico y un adoctrinamiento a la estupidez, censuramos obras sin poder ver sus múltiples colores, y no solo lo blanco y negro como les conviene a muchos que pensemos. Menciono lo anterior, porque si bien creo en las artes (en este caso), la literatura no como un fin, sino como un medio para el cambio, y su alta funcionalidad social, cultural e histórica, que va más allá de una horda de tontos incendiando páginas que jamás leyeron, y que probablemente no leerán. Achacamos múltiples conductas a las obras, quitando responsabilidad a los que dieron dicha interpretación, en este caso los lectores. Me refiero a que este libro no enaltece, ni pretende enaltecer ninguno de los actos cometidos por los personajes. Las artes son una gran arma, y como dice mi abuelo: "Las armas son muy pendejas en manos de peligrosos", démosles entonces el respeto que merecen, porque si bien son armas, también son escudo y medicina.

Este libro tampoco romantiza la fatalidad, contrario a eso, la expone, la desnuda, la tritura y la presenta para que en un después, al hablar estas hojas con el futuro, puedan saber cómo vivimos y sobrevivimos, y que de alguna manera, no seamos olvidados.

Dejando esto claro, ven, te invito a adentrarte a estas páginas de penumbra y soledad.

Agradecimientos

Esta parte la puedes omitir si deseas, no tiene relación con alguna de las historias. Primero quiero agradecer a mi mamá, María Magdalena Solís Cortez, a mi padre, Juan Pablo Name Vazquez y a mi hermana Daniela Josefina Name Solis; por darme el gusto de tener una hermosa familia y que me ha apoyado en mis locuras. Los amo, gracias.

A mi bien querido grupo de locos, los Exxxons: Paco, Leo, Lalo, Alonso, Tavo, Jovan, Chepe, Mix y Mariana. Por escribir a mi lado una novela multigenero que aún no ha terminado.

A Mhio Evatore, por tener la confianza de crear arte a mi lado, acompañarme en locuras, por ser un maestro y un hermano, gracias.

A Eduardo Vázquez Varela, los renglones siempre me quedan cortos para agradecer encontrarte, canijo. Tus éxitos, también son mis éxitos. Espero esta publicación te pueda dar la alegría y satisfacción que me da ahora, aún antes de ser publicada.

A Jovan Martínez Duarte, pasan los años y sigues sin perder el estilo y la humildad. Gracias por estar a mi lado, hermano.

A Brayan Tobanche Mireles y Luis Carlos Serrano Delgado, aún seguimos siendo los chicos que se esconden en la beattlecueva en momentos difíciles. Gracias por regresar, aunque pensándolo bien, jamás se fueron.

Al laboratorio literario Daniel Sada: Bernardo, Pepe, Poncho, Brisa, Marco Antonio, Diego, Azaret, y Diego. Varias de estas obras fueron presentadas en el taller, sin ustedes seguirían en un cajón. Bernardo, gracias por ser maestro y hermano. Pepe, gracias por confiar en este escritor novato y bridarle conocimientos.

A Vicente Frausto Valadez y Erika Fabiola Flores, cerebro y columna vertebral del colectivo Expansión Literaria, también a cada uno de sus órganos: maestro Rodrigo, Francisco, Nancy, Jimmy, Carmen, Alicia, Abigaíl, Lupita y maestra Magdalena. Muchas gracias a todos.

A Miguel Ángel Carrillo Trejo, que esa brillante mente y gran alma no se vea nublada nunca por el vicio del orgullo y odio. Gracias por todo.

A Pansh23, el amigo que me orientó para la portada de mi primer libro, *ataraxia*. Lamento agradecerte hasta ahora, fuiste de mucha ayuda. Gracias.

Al maestro Manuel Dena, por contrastar, dando luz a estas oscuras páginas con sus sátiras y surrealistas ilustraciones. Y sobre todo esa hermosa portada. Gracias.

A Emanuel Muñoz, ilustrador del libro. Hermano, hiciste un excelente trabajo, el libro no tendría la vida que tomó sin ti. Gracias.

A Luis Muñoz, Manuel Hernández Castro y a "L" Lerma. En algún espacio los tenía que agregar, condenados. Gracias por estar en momentos difíciles, sobretodo en esta última crisis que ya he podido superar, haciendo de la mejor manera que se puede ayudar a alguien, simplemente, estando. Gracias.

Y por último pero no menos importante, a mi prima María Guadalupe Alejandra Campa Cortez, por ser una hermana desde mi nacimiento y el comienzo de nuestra adultez, sabes que puedes confiar conmigo para cualquier cosa. Muchas gracias y no te olvides nunca que no estás sola.

A todos un muy fuerte abrazo donde quiera que estén.

Acerca del autor

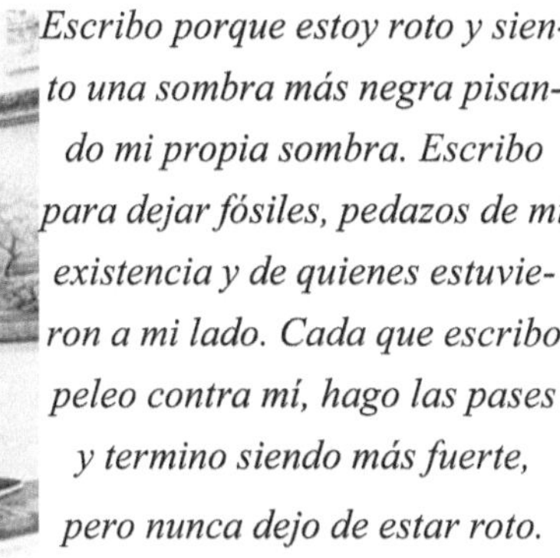

Escribo porque estoy roto y siento una sombra más negra pisando mi propia sombra. Escribo para dejar fósiles, pedazos de mi existencia y de quienes estuvieron a mi lado. Cada que escribo peleo contra mí, hago las pases y termino siendo más fuerte, pero nunca dejo de estar roto.

José Nahme (Escritor mexicano, 1997). Nace en Zacatecas, Zacatecas. Educado en el ambiente de una familia clase media con subidas y bajadas económicas, dicho ambiente le permite darse cuenta de problemas sociales a corta edad.

El más grande de dos hijos, su padre se encargaría de enamorarlo de las artes y a cuestionar la sociedad que le rodeaba.

Es técnico en urgencias médicas por la Cruz Roja Mexicana, lugar que le hizo tener múltiples experiencias cercanas a la muerte. Realiza estudios de filosofía en la Universidad Autónoma de Zacatecas. Miembro del laboratorio literario Daniel Sada, miembro cofundador del colectivo Expansión Literaria y colaborador de la revista digital Tiempo de Zacatecas. Publica en 2019 su primer libro, *Ataraxia*, una décima de poemas. *Necromántico y otros cuentos de penumbra y soledad* es su primera colección de cuentos.

Caperucita en el país de las inmaravillas y de por qué no es roja

"¿Lobo, lobo, estás ahí? ¿Sí o no?"

Frase de juego tradici onal infantil

Levantas, cuatro a.m., él tirado, evitas el ruido, no te escuchas, tomas su cartera, quinientos extras y unos cupones de supermercado. Abrigo y tacones en brazo, sales como gata entre las ramas.

Aún recuerdas: perturba, quema, consume. Seis años, hermano de tu madre; su cama, sus ganas, tus gritos y las lágrimas.

El lobo (Canis Lupus) es uno de los cazadores más sigilosos, voraces y efectivos de la naturaleza. Rondan en manada de hasta doce lobos, en las cuales existe un nivel jerárquico: *"Este es el más chido de aquí... ¿Cuántas te has dado?"*. Comparten una técnica de caza similar, y fuerte respeto a su estructura social: *"Me recae que por eso son mis compas, hasta los mismos gustos tenemos"*. A pesar de su feroz temperamento, suelen compartir la presa cazada: *"Ya que te la des, la rolas ¿Sobres?... tira paro, yo sí te las rolo"*. El lobo tiene preferencia por las presas grandes, como el alce, el bisonte, el reno o el ciervo. Sin embargo, también puede cazar presas pequeñas como conejos, castores o ratones: *"¡Ya déjame! ¡Tío! ¡Por favor! ¡Mamá!"*.

Es tu momento, reunión familiar (no te ve desde niña). Lo miras, te mira. "¡Santísimo dios!": piensa. Le sonríes, tu mano en su hombro, saludas de beso, huele tu perfume, cae como mosca en la miel. Momento de comer, sientas a su lado, tu pie rosa su pierna, él tiembla, tu mano entre sus muslos.

Te lleva a su escondite, apesta como antes, no intenta dominarte, es tu peón en el tablero. Bajas su bragueta, jugueteas encima de él.

El lobo puede sufrir necesidades alimenticias, viéndose obligado a caza de "presas" que no atacaría con normalidad. Este tipo de conductas puede herir gravemente al lobo, al encontrarse en contacto de otros depredadores con una estructura biológica diseñada para matar.

— ¡No!, ¡qué haces!

—Mira mi cuerpo, mira mi cara, mira mis ojos —dices desnuda.

— ¡Ten piedad de mí! ¡Matarías a tu madre!

—*In pace leones, in proelio cervi* —detonas la arma— ¡Taz! ¡Taz! ¡Taz! ¡Taz! ¡Taz! ¡Taz!

Esta mañana fue encontrado, en punto de las ocho de la mañana el cuerpo del lobo, con seis impactos de bala. Vecinos reportaron detonaciones alrededor de las cuatro a.m., en la escena sólo se encontró una revolver treinta y ocho especial y una caperuza roja cubriendo el cadáver del que también se vincula a una fuerte red de pedofilia.

El color rojo es uno de los más visibles en los blancos paisajes de la tundra. Evolutivamente los organismos se han adaptado para no portar este color.

La última cena

"Puedes aprender mucho de una persona
cuando compartes la comida con ella"

Anthony Bourdain

— ¿Ahora si me vas a dar de cenar?

—Aún no, quiero que recuerdes.

— ¡Que la fregada, se va a enfriar!

— ¿Por qué dejaste de amarme cuando te lo di todo?

—Nunca te dejé de amar.

—Me robaste a los 14 ¿Te acuerdas? Tú tenías 17. Eras el más chulo del pueblo, en la que nos metimos con mis tatas, pero el tuyo siempre fue bien re valiente y nos arregló todo con tu familia.

—Matamos a Chavelita para nuestra boda, como quise a esa marrana.

—Pensé que nos iba a durar más tiempo ¡Pero comes rete harto! Ni nos duró nada la marrana. Siempre te ha encantado comer.

— ¡Ya tengo hambre, vieja!

— ¿Ahora sí, cabrón!

—No dejes que me vaya así, vieja. Dame de cenar.

— ¿Te lo mereces, cabrón —Juanita suelta en llanto—hijo de la…?

—…Espera, vieja. Espera ¿Apoco no te hice re harta feliz?—Jacinto toma la mano de Juanita, con la otra mano limpia sus lágrimas.

— ¡Ya vete!

—Tranquila, cenemos y platicamos más mejor.

— ¡Tas pendejo, tú no cenas!

— ¿Qué hago entonces aquí?

—Esperar la cena que fue lo único que te sirvió de mí, ser tu pinche gata. Pero el tiempo pasa, te estira la piel con sus dientes, te aleja del recuerdo y te enjoroba los huesos. Ahora estoy toda gorda…arrugada… ¡Ve! Ya hasta tengo canas.

—Yo también envejecí a tu lado, vieja.

—Pero mi hermana no, cabrón ¿Verdad? Era la yo de antes; flaquita, morenita y chaparrita. ¡Que huevos de cogértela!

— ¿Y ella merecía eso?

Juanita baja su rostro, desfigura su cara, llora desconsoladamente

—¡No! ¡Mi hermanita! ¡Hermanita… perdóname!

Jacinto camina hacia la mesa y toma un tenedor.

—Mira que madreado lo dejaste. No quiero pensar como le tronaste la panza.

Jacinto recorre la pared de la cocina, arrastrando el tenedor en la misma. Antes de salir, se detiene en la entrada, señala con el utensilio el piso y dice:

—Ibas a hablar con ella, pero no te aguantaste las ganas, te fuiste derechito con lo primero que tenías en la mano…bien te decía, eres un toro cuando te enojas. La cornaste una, dos, tres, cuatro… hasta que perdiste la cuenta. La dejaste de rodillas. Ahí merito que le truenas la cabeza de Chavelita, el único recuerdo de mi marrana.

Juanita limpia la mezcla de fluidos de su rostro, respira y se tranquiliza un poco.

—Sí, la agarré y arrastré hasta el corral. Me aseguré de que naiden me viera. La cubrí con lo que pude.

—Luego llegué de fuera

—Te dije…

—Ven…

—Vamos a cenar— dicen los dos al mismo tiempo

—Me senté, me diste un beso, muy cálido, recuerdo tus cachetotes, bien calientes y sudados. Sí algo te debo de agradecer, vieja, es que no sufrí nada. No sé si fue cosa tuya, o el amor que me tuvo mi marrana. Pero cuando destrozaste la cabeza de Chavelita en la mía, te juro por esta, Vieja, que no sentí nada. ¿Chavelita que culpa tenía? También te la madreaste toda, lo poco que quedaba de ella, el único recuerdo de nuestra boda.

—Sí, ya nada queda. Ni modo. Al mal tiempo buena cara.

—Ves ¿No que te querías deshacer de mí? Hasta mi cuerpo con el de tu hermana le distes a los cochinos.

—Ya ni sé. Ya ni sé si esto es real.

—Real o no, te juro, vieja —Jacinto toma a Juanita de la cintura—que cuando me des de cenar —Jacinto da un beso en la mejilla a Juanita—ahora sí me voy por siempre de tu vida, reteharto lejos.

Juanita camina temblorosa, toma un plato, lo llena de caldo, queda pensativa. Con plato en mano ve a Jacinto. Enfurece, avienta el plato que atraviesa a su esposo como neblina.

— ¡Tas pendejo, tú no cenas!

Dulces recuerdos

"Todo lo que hay en esta sala es comestible.
Hasta yo lo soy. Pero eso sería canibalismo,
mis niños, y está mal visto en la mayoría de
las sociedades"

W. Wonka en Charlie y la fábrica de chocolates

Para Michelle.

Michelle acomoda su abundante cabello chino, pasa por él de arriba abajo una plancha rosa que alacia e intensifica ese negro brillante. Desayuna con mucho cuidado para no dañar ni un pixel de esa sonrisa metálica. Cepilla sus dientes con ardua labor. Maquilla de manera tenue su cara. Sale de su casa. Camina hacia el jardín de niños.

De camino los obreros que la ven pasar se aguantan las ganas de chiflarle. Al entrar al kínder los niños brincan de alegría a lo lejos, las maestras comienzan a hablar entre orejas, pero por dentro saben muy bien, que se quieren ver así.

Es 14 de febrero, la escuela se encuentra repleta de colores, mezcla de dibujos infantiles noventeros y murales de caricaturas animadas norteamericanas. Ella planificó una serie de actividades para los niños, intercambio de paletas y una carta de amistad. Los niños llegan corriendo y la abrazan, la enorme rueda infantil impide a Michelle pasar por la puerta. Una vez lograda la hazaña, Michelle entra.

—Hola, hermosos. Antes de empezar el intercambio, quiero dejen las paletas en el escritorio para empezar el intercambio.

Los chicos dejan las paletas en el escritorio y esperan impacientes en sus sillas. De entre ellos, hay uno que no acata instrucciones y se esconde debajo del escritorio de la joven docente, observa las paletas y brillan sus ojos.

Varios de sus alumnos dan un regalo especial a Michelle, que sonrojada, corresponde con un abrazo y un beso a la mejilla de cada uno de los detallistas: pulseras hechas a mano, dibujos a crayola, varios de ellos acompañados de un mazapán o un chocolate económico. Los pequeños sientan ordenadamente para seguir instrucciones de la profesora.

—Bien, hermosos. Pasará primero Leidy. Ven, hermosa. Te daré tu paleta.

—Maestra, las paletas ya no están.

Un largo camino de envolturas va de encima del escritorio a su interior. Dentro de este se encuentra William, con la cara y manos pegajosas, la mirada perdida hacia el techo y el abdomen inflado.

— ¡William, te comiste todas las paletas!

William intenta escuchar los regaños de la maestra, pero su alterado estado mental, le impide tener una conexión con la realidad.

— ¡William! ¡Te estoy hablando! ¡William! … ¿Te encuentras bien?

Michelle deja a sus alumnos encargados en otro salón mientras lleva en brazos a William a la enfermería. Las piernas temblorosas de la joven doblan hacia el centro, arrastrando sus pies, logra llegar con la enfermera. Un crujido es generado de los brazos de Michelle al desprenderse con la ropa pegajosa de William, que rompe el silencio al dejar a la criatura en la camilla.

—Esta será la última vez que toleraremos sus irresponsabilidades. Primero su conducta con las madres de familia y ahora un estudiante en estas condiciones —dice Sofía.

—No fue mi culpa, todo pasó muy rápido.

—Desde que la vi muy joven sabía que tendríamos muchos problemas con usted.

Sofía es la directora del kínder. Mujer treintona, soltera y de fuerte carácter. Toma represalias contra Michelle cada que puede, desde que notó que José de mantenimiento le sigue los pasos. Ella no perderá la única oportunidad de matrimonio. Entre maestras le han apodado "La inconmensurable", porque nadie la traga, ni en lo social, ni mucho menos podrían en lo gastronómico (en verdad es inmensa).

—No la espero aquí hasta dar por concluido el bienestar de William y el contento con los padres, por mientras está suspendida. Y hágame el favor de terminar hoy sin otro niño enfermo.

Michelle dio un beso a la mejilla azucarada de William y al salir cayó en llanto.

—Le encargo al niño mientras notifico a los padres ¡No es posible! Y yo con el azúcar alta —dice Sofía a Ana, la enfermera.

—Vaya sin cuidado, yo me haré cargo.

Sofía pisa un chicle en el trayecto, no puede despegarlo, entra a su oficina y antes de marcar a los padres del destemplado gordinflón, abre su cajón, saca una foto de José y suspira.

Ana llena la hoja de atención con datos clínicos, toma de su bolsa una cajetilla de cigarros y pasa a la ventana de la esquina a fumar, como todos los días desde hace años, mira al cielo y nota como su humo forma pequeñas nubes con el viento. Recuerda a su abuela y madre muertas por paro respiratorio, piensa: "¿Tendré el mismo destino?", mientras siente raspar lo amargo en su garganta.

William adquiere una anatomía distinta silenciosamente. Sus colmillos vuelven prominentes; abre sus ojos y vuelven midriáticos, como círculo calcado en el mismo circulo; adapta una posición de depredador. Baja de la camilla, olfatea la bolsa de Ana, continua con el piso y sigue un rastro hasta la oficina de Sofía, sale sigilosamente. Mientras tanto la enfermera mira las nubes y las imagina como mechones del cabello de su abuela.

—Hermosos, vamos a continuar con el intercambio. Leidy, entrega tu carta.

— ¿Y las paletas?

—Continuaremos con las cartas, otro día entregaremos las paletas.

Leidy toma su carta enmielada: "¡Hiuuu, está chiclosa!".

William logra rastrear la posición exacta de la caja de objetos extraviados, que contiene únicamente los dulces decomisados durante horas de clase. William entra por la ventana a espaldas de Sofía y empieza a devorar cada una de las golosinas. Sofía se percata del ruido después del trance que le generó la foto de José, asoma por la puerta y no nota nada, todas las maestras se encuentran en clase. William termina con el último grano de azúcar, pero necesita más. Sofía sienta y vuelve a caer en trance con la foto de José. El gordinflón depredador se percata de más presencia de azúcar en el lugar, e identifica el pie de Sofía.

Ana sale apresurada en búsqueda de William, escucha un grito proveniente de la dirección, corre hacia allá. Al entrar, encuentra a Sofía con una hemorragia catastrófica en el pie izquierdo, y sobre el pecho, una foto de José con un moño rojo amarrado. Titiritando toma su celular y pide ayuda: "Novecientos once ¿En qué puedo ayudarle?".

En las aulas también se percatan del vesánico grito, nada se escapa del pequeño kínder.

—"¿Qué fue eso?" —dice para sí misma Michelle.

—Maestra, yo no le di mi regalo —Dice Leidy mientras saca de su lonchera una jugosa manzana acaramelada. Michelle da un fuerte y reconfortante abrazo a Leidy cuando. "¡Crash!": William atraviesa uno de los vidrios y mira fijamente la manzana en la mano de Michelle.

— ¡Salgan! ¡Rápido! —grita alarmante Michelle mientras corre detrás de los niños despavoridos, William come la manzana del suelo, lo que les da tiempo de escapar del lugar. Moviliza a los niños hacia el aula de usos múltiples y los encierra con todos los medios posibles. En la oscuridad se siente el calor húmedo, los llantos aterrados de cada uno en su martirio.

— ¡Shhh! Silencio. No pasa nada, hermosos. Tranquilos, ya pasó —intenta consolar la temerosa Michelle, que aún no puede dar explicación a lo ocurrido.

Al terminar con la manzana, William no logra saciar su hambre de azúcar. Pronto detecta otro rastro rumbo a las presas que antes llamaba compañeros.

— ¡Todo estará bien! …

"¡Taz! ¡Taz! ¡Taz! ¡Taz! ¡Taz! ¡Taz!": retumba la puerta. Los niños lloran como cerdos en matadero.

La puerta cae, a través de las sombras, se aprecian los ojos rojos de William. Los niños salen corriendo de la sala y fragmentan a diversas partes del jardín de niños, los más inteligentes van a la puerta principal, donde maestras han agrupado estratégicamente a los infantes para sacarlos de ahí.

— ¡Todos tomen de la mano a un compañero! ¡No se separen! —dicen maestras mientras sacan del kínder a grupos de 10 niños.

Leidy está a punto de patear a William, Michelle la toma en brazos y le salva la vida.

— ¿Qué haces, Leidy! Pudiste haber muerto —dice Michelle mientras lleva a Leidy con el grupo de niños.

—¡Mis dulces! ¡William se está comiendo mis dulces!

William come los dulces del suelo dejados por Leidy. Sale hambriento, percibe más dulces en la bolsa del pantalón de Leidy, corre, y al momento de brincar, Michelle detiene el tiempo en su mente, ve en cámara lenta la agresiva cara de William y la mirada fija para clavar su dentadura en la pierna de Leidy, es inevitable, lo sabe. No puede hacer nada.

De la imagen pausada de Michelle, ve como algo golpea el tórax de William y es proyectado a una pared, cayendo como mosca. Las imágenes en Michelle toman su velocidad habitual. José, con pala en mano, abate contra la bestia.

Ningún niño fue herido durante la catástrofe. Socorristas atienden a la maestra Sofía y a William, al entregar a cada uno en el hospital, médicos optan por mantener los inmovilizadores puestos a William. Dos médicos norteamericanos que se encontraban por asuntos diplomáticos en la embajada del estado, solicitan ayudar en el extraño caso de William.

No hay mucho que contar respecto al jardín de niños. Sofía fue jubilada por motivos de salud y Michelle ocupa su puesto. William fue tratado por los médicos estadounidenses y es curado. Ana está tomando terapia para dejar el cigarro. Leidy disfruta en pequeños bocados los dulces de aquel día (le saben a victoria). Michelle llevó paletas a todos los niños hasta su graduación.

—*The mexicans are really very idiots*

—*Jajaja they did not realize that we changed the child.*

—*It's the missing piece.*

—*Researchers will be amazed.*

—*Damn kid. Why don't you shut up?*

— *Wait, have this, garbage* —el medico avienta una barra de chocolate a la ruidosa jaula.

Es un nuevo día en el jardín de niños. Leidy está muy emocionada, está aprendiendo inglés gracias a William. Los niños esperan impacientes a Michelle, a los lejos ven que abraza a José y él corresponde, sonríen. Todo es felicidad en el colorido kínder…

por ahora.

El Cobijas

"El ojo siempre es atraído por la luz, pero las sombras tienen mucho más que contar"

Gregory Maguire

Le decían el Cobijas, por los sarapes que siempre cargaba de un lado a otro. Era el vagabundo por excelencia de la ciudad. Molestaba a todos por una moneda.

Producto de ideas etílicas, decidimos llevarlo a la guarida. Esta queda dentro, muy dentro de un edificio viejo y olvidado. No es difícil entrar, aunque si no lo has hecho nunca no vas a saber ni por donde. Un gran eco te invade dentro de la guarida, pero ni las mismas sombras salen de ahí.

—Este sábado se hace, se adelantan a comprar tres botellas. Con eso la armamos —dijo Braulio a toda la banda: Azucena, Marta y yo.

Pasamos en el Blazer noventa y ocho de Braulio a la plaza central, lugar habitual del Cobijas, en punto de las dos de la mañana, hora en la que toda la banda se encontraba súper ebria. Marta, morena sexy de ojos de color, siempre realizaba las misiones de este tipo, las que implicaran seducción para nuestro beneficio. Así Marta logró llevar al Cobijas hasta el maletero del vehículo. Todos estábamos emocionados, lo teníamos detrás como un maniquí. "Será la mejor anécdota de todas": Pensábamos.

Conforme avanzábamos, una fétida onda invadió el carro por completo. Nos detuvimos en un terreno baldío de camino a la guarida, sudando y vomitando. A Marta se le ocurrió aventar parte del vino al cuerpo del Cobijas, y Azucena, la drogadicta del grupo, propuso fumáramos un churro dentro. El hedor se redujo.

Llegamos a la guarida, para bajar al Cobijas no bastó más que enseñarle las botellas de alcohol, nos siguió como un perro a un hueso. Éramos serpientes entre rocas, excepto nuestro invitado, él era un escarabajo que tropezaba torpemente.

Dentro pusimos algo de rap, punk y metal, y de vez en cuando una que otra ranchera. El Cobijas bailaba muy feliz, recuerdo tan vivos sus ancianos movimientos. Braulio nos veía recargado en una columna, no percibimos el momento en que se lanzó contra el Cobijas hasta escuchados los puñetazos y la posterior caída. Tratamos de controlarlo, tenía una bestial fuerza que nos alejaba al contacto. "¡Déjalo, idiota!": decía Azucena sin ningún resultado. Logré derribarlo con una patada al costado del abdomen, antes de levantarse, sacó de bajo de su pantalón una Glock veinticinco, temblando, nos amenazó con ella diciendo: "¡Quédense ahí, cabrones!". Golpeaba y golpeaba repetidamente al Cobijas, sólo gritábamos, no podíamos hacer otra cosa.

De la guarida nada escapa, ni los gritos más fuertes, el eco es un pez que choca con el vidrio de la pecera, absolutamente nada sale de ella.

Mi abuela dice que las paredes tienen memoria y en las noches recuerdan, es por eso que a veces creemos ver algo que se mueve en ellas, como sombras danzando alrededor queriéndonos comunicar algo.

Braulio no paró de golpear al Cobijas y como si eso

no fuera poco le vació encima una botella de alcohol y lo siguió pateando al grado de dejar un gran charco rojo de bajo de él. Mientras lo pateaba, Azucena vio la oportunidad de detener a Braulio, subió a su espalda y empezó a jalar su cabello, Braulio gritaba enfurecido: "¡Yo mismo te mataré a madrazos, Perra!". Azucena logró caer a la par del arma y enseguida también cayó la botella, ella quedó inconsciente por un golpe en la cabeza, la Glock veinticinco se disparó en el suelo hacia el charco ensangrentado de alcohol.

¿Han pensado en que nuestras sombras son también parte de nuestro cuerpo y que dicen mucho de nosotros? Sobre todo la postura, el perfil y su movimiento. Mi abuela me dijo una vez que las sombras van a más allá de una simple explicación física, son un portal entre otra realidad y la nuestra, sólo que no sabemos cómo romper el candado que nos divide.

La bala que impactó en el charco generó fuego que se propagó en la ropa del Cobijas, generando una amplia sombra que se asemejaba a la de rituales africanos.

Nadie nos hubiera creído a Martha y a mí, duramos días en detención e inclusive después de testificar y que no se encontrara evidencia que nos culpara, diversos medios nos buscaron para entrevistas y las rechazamos por completo. Nuestro testimonio fue que el Cobijas al ser incendiado por la detonación de la pistola de Braulio al caer (en la cual afortunadamente se encontraron sus huellas), el Cobijas, envuelto en llamas tomó a Braulio y se arrojaron del edificio, cayendo en el declive del cerro, haciéndonos perder completamente el rastro de ellos, lo cual no los convenció del todo, quedaban las preguntas: ¿Por qué no hay un rastro físico o biológico a la redonda del cerro donde cayeron, tomando en cuenta la fuerza del impacto y que el Cobijas se estaba incendiando? ¿Qué tan lejos pudieron caer como para no dejar rastro? ¿Cómo pudieron tolerar una caída de tantos metros y después alejarse de la escena? Y principalmente ¿Qué fue de los cuerpos de Braulio y de Cobijas?

Siempre guardaré gran estima a Azucena por su valentía contra Braulio, y a Martha por no haber roto la promesa de decir lo mismo ante la policía. Nadie nos creyó, pero no se nos pudo culpar de nada.

Lo que en verdad ocurrió me llenaba de espanto, pero ahora que lo recuerdo me da algo de alegría. La sombra del Cobijas se proyectaba enorme en una de las paredes de la guarida, y su grito desgarrado chocaba en los muros sin poder escapar, Martha corrió al auxilio de Azucena, mientras que yo traté de auxiliar al Cobijas, cuando de repente su sombra dejó de coordinar sus movimientos. Esa inmensa silueta oscura abrazó al Cobijas sofocando el fuego, pero también su cuerpo, como si hubiera sido devorado por un gran pozo negro. Braulio comenzó a correr al notar esto, mientras que Martha y yo nos quedamos perplejos.

Al intentar salir de la guarida, un gran grito, un muy fuerte lamento empujó a Braulio contra una pared en la que rebotó su cabeza. Se comenzó a arrastrar en el suelo, intentando aferrarse con uñas y dientes, pero la silueta comenzó a mostrarse en llamas, y de un sonriente bocado lo devoró.

Azucena fue hospitalizada, recobró la conciencia la mañana siguiente, cuando la visitamos, no dejaba de mencionar sus pesadillas con las sombras, pero ella, no vio nada de lo sucedido.

Cada noche siento que las sombras se mueven, independientes del objeto que las genera. En ocasiones también paso por la guarida, la gente de la calle dice que jóvenes se metían ahí para iniciar fogatas, acto que explicaría la intermitente luz que sale de ella, pero aunque enmallaron todas las entradas al viejo edificio, esa luz sigue apareciendo.

Pensé ir con un especialista para que me ayudara con mis visiones respecto a las sombras, después de tiempo preferí hacerlas mis amigas.

El mejor amigo del hombre

"Hachi, viejo amigo, aún estás esperando"

Película: Siempre a tu lado

Joaquín nunca tuvo una buena relación con los perros. Los dos chihuahuas de su tía siempre le hacían realizar una cansada carrera por el patio durante su infancia, uno de ellos le mordió la mano. Más tarde en su adolescencia, las bestias bulldog y doberman de su novia de preparatoria, le royeron el pantalón antes del evento de graduación. Nunca tuvo buenas experiencias, aún en la actualidad le ladran los perros callejeros o los que están detrás de algún portón resguardando alguna casa. Pero esta ocasión era diferente, una pequeña de esas criaturas podría distraer a Maribel del deseo de un hijo, lo leyó en varias de esas páginas seudocientíficas y pensó que había encontrado una solución.

—Amor ¿En verdad no prefieres un gato? Son tiernos, comen poco y se deshacen de los ratones.

—No, tú sabes que nunca me he llevado bien con los gatos, además es momento de que hagas las paces con esos pobres animales.

"Maldita sea, bueno, por lo menos me dejará de molestar con lo de tener un hijo por un tiempo": pensaba triunfante Joaquín.

Se arreglan y salen del departamento, Maribel toma de la mano a Joaquín y cruzan la calle para dirigirse a la tienda de mascotas más cercana. Al llegar observan la gran variedad de animales, un trabajador se les acerca y les da la bienvenida.

— ¡Ese, mira ese! No ¡Ese! —Maribel se muere de ternura por todos los animales.

— ¿Tienen alguna idea en específico? —Pregunta el trabajador.

—Sí, joven. Queremos un gato.

— ¡Un perro!

—Eso dije, un perro.

—Estupendo, acompáñenme —el trabajador los guía a la sección de perros.

Unos perros grandes clavan sus miradas a Joaquín reviviendo un pavor del que ha luchado mucho tiempo por superar.

—Existen diversos tipos de perro según el propósito; guardianes, de compañía, pastores...

—…Buscamos el menos agresivo posible, por favor.

—Amor, no sería mala idea tener uno guardián, a veces yo me quedo sola cuando tú no estás.

—Hay buena seguridad en el edificio, no hace falta. Queremos uno de compañía, joven.

— ¡No! Muéstrenos los guardianes.

—Hay perros que a pesar de ser guardianes, señor, tienen un temperamento amigable.

A lo lejos Joaquín ve a un perro inofensivo y pequeño, no sería capaz de atemorizar a nadie, y aparte nota que no se ve muy enérgico.

— ¿Qué hay de ese de allá, joven?

— ¿Ese? Lo encontramos esta mañana afuera de la tienda, no es muy joven, el veterinario dijo que sería un milagro si sobrevive esta semana.

—Pobrecito ¿Qué tiene? —dice Maribel con una gran compasión.

—Tiene varias heridas, muchas no parecen proporcionadas por perros.

— ¡Qué desgraciados! Meterse con alguien más pequeño… hay que llevarnos ese, Amor.

— ¿Qué costo tiene, Joven?

— ¿Se lo piensa llevar? De ser así, nada, pero les vuelvo a advertir que no se espera mucho de él.

—No, está bien, es hermoso, nos lo llevamos ¿Verdad que sí, amor?

—Sí, nos lo llevamos.

—Estupendo, sólo tienen que seguir las instrucciones del veterinario.

Salen de la tienda, Joaquín carga las bolsas con croquetas, juguetes y tratamiento de la mascota, Maribel carga al perrito en su brazo izquierdo, toma la mano de Joaquín con su mano restante y le da un beso.

—Mi amor, vas a ver lo mucho que nos vamos a divertir, no te vas a arrepentir.

Al llegar al departamento Maribel pone a la mascota en una caja con cojines que construyó al momento que Joaquín le propuso adoptar una mascota. Le da su medicamento y se cerciora de que coma. Joaquín aplica ungüento en la pequeña tonsura de la cabeza y escucha en calzoncillos a Maribel desde el espejo del baño.

— ¿No es una hermosura? Lo llamaremos… Chico, para poder decir buen Chico en lugar de chico ¿Entiendes? —Maribel se aproxima hacia la recamara.

Joaquín termina su ritual de belleza y se avienta hacia la cama.

—Pero yo soy tu buen chico —toma a Maribel de la cintura y la jala contra él en la cama—, niña mala.

Después de una noche de romance, Joaquín despierta en la madrugada con la boca seca, se guía a la cocina por un vaso de agua, escucha un ruido y antes de llegar al objetivo nota una sombra bípeda que escapa con rapidez de la vista, no le da importancia, "Pinche parálisis": piensa. Sirve su vaso de agua, toma, termina y sirve otro, empieza a escuchar voces distorsionadas al nivel del lugar de descanso de Chico, se acerca al lugar y se percata de que la mascota no está, "¿Cómo pudo salir si apenas se podía mover?". Escucha unos insoportables rechinidos, voltea, camina hacia la puerta, donde proviene el sonido, llega, verifica, nota cuatro grandes rasguños en la madera de la puerta, la marca a la altura de su cabeza.

—Amor, despierta, tienes que venir rápido, chico no está.

— ¿Qué? —Maribel responde con voz somnolienta.

—Chico no está, ya lo busqué en todo el departamento. —Maribel se levanta y sin decir nada, camina a paso letargico hacia la cuna de chico.

— ¿Es una broma, Joaquín? —Maribel sigue hablando con voz somnolienta.

—Te lo juro, hace un momento no estaba, no sé qué pasó. Mira ven —Lleva Maribel hacia la puerta.

— ¿Mirar qué cosa? —Joaquín queda callado, la marca que vio ya no está.

—Había una garra, sonó muy fuerte ¿No la escuchaste? —Maribel da un beso a la mejilla de Joaquín, se da la vuelta, se guía hacia la cama y dice:

—Vamos a dormir.

La mañana siguiente Joaquín se levanta, estira sus brazos hacia arriba, palmea el bostezo de su boca y se guía al baño. Frota sus ojos con sus puños y mira al espejo, queda sorprendido y salta hacia la cama, comienza a estrujar a Maribel.

— ¡Tengo cabello! ¡Maribel, tengo cabello! —Maribel responde primero zombie, después eufórica.

— ¿Ehhh? ¡Dios, es enserio! —Se ríe— ¡Por dios, qué guapo! —Se borra de inmediato la sonrisa— ¿Cómo es posible que te haya crecido tan pronto?

— ¿Qué importa? —Da un fuerte beso a Maribel.

—Tienes razón. Dios te ves guapísimo, iré a hacer el desayuno —Da un beso a la mejilla de Joaquín y sale presurosa a la cocina.

—Ja, ventajas de tener cabello —Dice Joaquín mientras se acuesta y cruza los brazos detrás de su cabeza.

Maribel lleva el desayuno hasta el dormitorio, quiere hacer un buen detalle a Joaquín.

— ¿Hasta la cama, es enserio?

— ¿Qué no te puedo consentir de vez en cuando? —Dice con una voz cariñosa.

Desayunan juntos sobre las cobijas, están abrazados jugueteando cuando escuchan el ladrido firme de la puerta. En posición valerosa Chico les llama desde la entrada del cuarto, no pareciera que ese es el perro que adoptaron apenas hace unas horas.

— ¿Cómo demonios salió?

— ¡Ven, Chico! ¡Ven! —Dice Maribel mientras palmea sus muslos.

Chico sube con la pareja y empieza a lamer la cara de Maribel, ella comienza a hacer carillos y a inspeccionar el lugar donde debieran estar las heridas.

—Vaya, ya no tiene heridas, ni una cicatriz.

— ¿Cómo de que no? Si apenas ayer se veían frescas —Joaquín comprueba escéptico.

—No, pues no. Como nuevo. Me impresiona más el que ya no seas calvo. Eso sí que es un milagro.

—Bueno, un pendiente menos.

—Iré por un vaso de agua —Maribel sale del dormitorio.

—Con que nos estabas mintiendo ¿Verdad? —Intenta dar una caricia a la cabeza de Chico. Chico, que no aparentaba ni siquiera un pelo de nerviosismo, se balancea y muerde los dedos de Joaquín. Joaquín aleja su mano y la refugia en su pecho.

— ¡Perro idiota! —Bofetea al animal cubriendo con su palma gran parte de su cuerpo. Chico estampa contra la pared y genera un chillido canino, al caer huye con Marisol y sigue chillando en señal de queja.

— ¡Qué pasó, Joaquín!

—Mmmm… nada, se cayó.

Los siguientes días fueron interesantes para la pareja, en salidas con amigos no faltaban los chistes y halagos por la nueva cabellera de Joaquín. Maribel se ponía celosa, sentía que Joaquín llamaba más la atención, además de proyectar más confianza con amigas del grupo, no le pareció sorpresa cuando una de ellas sacó de pretexto la profesión de publicista de Joaquín para invitarlo a varios proyectos, "¿Por qué ahora si en años no lo invitó a su colectivo?", otras simplemente le pedían "consejos masculinos" para sus relaciones "No me supiera ese truco, pinches zorras": pensaba constantemente Maribel, sin hacer ningún reclamo a Joaquín. Ella hacía el intento de convivir más con Joaquín, pero sentía que este no ponía mucho de su parte, en cambio, era más el tiempo que se encarrillaba de Chico, su guardián contra la soledad. Joaquín mostraba más ego, conforme los días transcurrían, afinaba su sentido de seducción.

Un día por la mañana, Joaquín despierta porque siente húmedas sus piernas.

— ¡Maribel, mira lo que hizo tu maldito, perro!

—Aún no entiende muchas cosas ¡Espera! ¿Qué haces? —Joaquín toma del lomo a Chico.

—Le daré una lección, no debe de hacer estas cosas —embarra a Chico en todo el charco de la cama. Joaquín sale del cuarto, se dirige hacia la entrada, aleja a Chico de una patada y embiste la puerta.

—Que sea la última vez, y escúchame bien, Joaquín. La última vez que te permito tratar a Chico así ¿Me oyes? —Maribel introduce de nuevo a Chico a la casa.

De madrugada Joaquín sueña que es devorado por una enorme bestia. Su piel es tan negra que pareciera que la noche cobija su piel, los dientes son rascacielos que le caen encima y una blanca y vacía mirada cadavérica lo paraliza antes de ser eviscerado. Joaquín despierta aturdido, mira a su alrededor previniendo ser mutilado por esos enormes colmillos. Camina hacia la cocina y se sirve un vaso de agua. Comienza a respirar con más calma, suspira. Se guía rumbo al dormitorio, un fétido aroma lo detiene bruscamente. Es la esencia de un cadáver. Da pequeños pasos. Se escucha el golpeteo conforme avanza. El final del pasillo se encuentra inundado de sangre brillante; tirado, pedazo trapo de piel, todo lo que estuvo dentro de él se esfumó de alguna manera. Joaquín al principio conmocionado, huye en busca de ayuda.

— ¡Maribel! —dice golpeando la puerta. Esta no se abre.

—Siempre admiré a los perros, para mí no existe ser más extraordinario en la tierra que ellos —dice una voz que invade la casa—, y seres más despreciables que los que se aprovechan de ellos.

Un hombre de tez negra, uno noventa de estatura, cabello corto, negro y rizado, con marcada musculatura y de finas gesticulaciones. Es guapo, no sería una persona en quien desconfiar, eso si no estuviera empapado de sangre.

—De todas las personas que he visto, eres la que más me aberra y merece esto. Ocuparas el cuerpo de quien has juzgado y lamentaras haberme conocido —crujen los huesos de Joaquín, se hacen cada vez más y más pequeños, retuerce y craquea, es transformado en una especie de feto cadavérico con una mirada de extraordinario asombro y es introducido a la piel de Chico.

La mañana siguiente Joaquín despierta, "Malditos sueños, menos mal fue eso". Se percata de que Maribel no está a su lado, la busca desesperadamente y nota que no es su habitación, comienza a gritar.

— ¡Maribel! ¡Maribel!… ¿Dónde estás? —aprecia lo enorme de los muebles y la casa en general. Alguien lo toma del cuello.

—Hoy comienza tu día de inmundicia, maldito hijo de perra.

"No puede ser, soy… yo": Joaquín continúa ladrando.

— ¡Joaquín! ¿Qué le haces a Chico? —dice Maribel acostada aún con los ojos cerrados.

—Nada, mi amor. Ya voy —dice mientras estrangula a Joaquín (ahora Chico), continúa susurrando—… si hay algo que creme voy a disfrutar mucho es a Maribel —avienta a la pared a Joaquín el cual cae y queda inconsciente.

El tipo sube encima de Maribel, mete su lengua en su oreja, comienza a besar su cuello.

— ¿Qué haces, mi amor? Espera jajaja —responde Beatriz con una sonrisa.

El nuevo Joaquín entra en las cobijas, baja hasta la entrepierna de Maribel y prosigue maniobrando, después de varios gemidos y un tiempo considerable, Maribel con sus ojos en blanco responde jadeando.

—Dios mío, jamás habías hecho eso, no sé ni siquiera en donde estuve mientras lo hacías

Se aleja de la entrepierna hasta sus pechos rosando con lengua y nariz.

— ¡Dios mío… DIOS! —exclama Maribel sudando —No conocía esa parte de ti, amor.

—Tengo una fantasía, preciosa. Pero…

— ¿Sí? Dila, sabes que nos tenemos confianza —toma su mano y recarga ahí su mejilla abrazando su brazo.

—No sé cómo lo tomes.

—Anda, dilo.

—…Tengo la fantasía de hacerte el amor mientras Chico nos ve.

—Jajaja, mi pequeño travieso —da un beso apasionado, jamás había besado así. Se siente completamente de él—, pero claro que sí, no hay problema, tonto… ¡Chico! ¡Chico! ¡Ven acá!

Eva, el pecado original

"Lo que niegas te somete, lo que aceptas te transforma"

Carl Gustav Jung

"No des tu verdadero nombre, vas a tener que actuar normal, esta es la parte más difícil. Para nada quiero faltarle al respeto, hermana, pero nadie está libre de la tentación, todos podemos caer en el pecado por más fuertes que seamos. Debe aparentar ser alguien normal, eso implica beber, bailar y sobre todo tocar. Es la más apta para realizar esta tarea. Ten, toma de mi mano el cuerpo de cristo": terminaba de decir Sor Claudia mientras que Eva se inclinaba para besarle la mano, comer el pan y recibir bendición. Eva recuerda lo anterior, da un gran trago de saliva y vuelve a suspirar, paga cuota en una caseta y estaciona el vehículo. Trata de no verse sorprendida, pero la gran cantidad de luces y música le hace creer en la fuerte dualidad de las columnas barrocas y canto gregoriano del monasterio, "La lujuria es atractiva" y nota por qué. Entra al bar nocturno. Ella jamás vio un cuerpo con morbo, pero descubre que más allá del cuerpo, es la intención con la que se presenta, la intención a veces está objetivamente marcada, la atracción nace de un buen efecto Kuleshov y con ello un sexo placentero. Sentó, pidió una cerveza oscura media, comenzó a tomar pequeños sorbos para evitar el embriagarse aunque fuera un poco. La misión consiste en sembrar la curiosidad, esa pequeña semilla que en algún momento guiará a esas pobres, profanas, desvirtuadas y sometidas almas al camino de dios, o por lo menos eso creen las monjas que la han mandado. Lo mejor es conocer ambos extremos, le recomendaron amigas más avanzadas del culto, conocer a una chica que apenas haya llegado al lugar, más aproximada a la orilla de la inocencia, y del otro lado, una completamente experimentada, así que observó y empezó a catalogar por edades, disparó contra una cuarentona rubia de cejas negras.

—Hola, guapa. Te invito una copa —decía Eva a la cuarentona.

—Por supuesto, hermosa. Mira qué bonita estás, soy Italia ¿Qué te trae por acá?

—Ando buscando carne fresca, se ve que tienes experiencia ¿Alguna chica nueva y joven que conozcas aquí u en otro lugar y que quiera ganar buen dinero?

—Ay, hermosa. Yo puedo darte eso —Italia comienza a recorrer su mano de la rodilla a la entrepierna de Eva—y mucho más —dice mientras su nariz juega a cosquillear la oreja de Eva.

Eva mantiene la calma, y es decidida en lo que dice.

—En verdad que estás súper buena, pero hoy no eres lo que estoy buscando, ten preciosa —desliza sobre la mesa un billete de quinientos pesos —, no puedo invitarte algo más porque no quiero hacer perder el tiempo de ambas, pero puedes tomar esto y traerme lo que busco, o acabarte tu cuba y dejarme seguir buscando.

Italia toma el dinero y guiña el ojo con una media sonrisa maliciosa.

—En dos minutos, llegará lo que deseas —dice Italia alejándose en la oscuridad de un pasillo.

Eva sigue dando microtragos a su cerveza cuando la ve aproximarse, una chica de entre dieciséis o diecinueve años, uno sesenta de altura, una cintura que podría recorrer dos veces con sus brazos y aun así una cadera y pechos que rompían de más la medida de la cintura. Pero su ojos, sus ojos eran dos flamas donde se consumía el cruel deseo, jamás había visto unos ojos rojos, sólo en las películas de terror, y no generaban esa danza que su estómago experimentaba al verlos. Sus ojos, dos volcanes que te extinguen. Su cabello oscuro, una sombra de castillo virreinal, no de un edificio cualquiera, así de profundo era el negro de su cabello.

—Hola, soy Coatzin. ¿Pediste mi compañía?

—… Sí… ¡Mesero! Un servicio por favor—dice nerviosa Eva—, me llamo Soy Esperanza.

Coatzin pone su mano en el hombro de Eva y da un beso en la mejilla dejando un suave y dulce camino aromático, un puente entre el beso dado y la besadora.

—Un gusto —dice Coatzin.

Las bases que llevó de persuasión le decían que escuchara todo lo que ella tenía que decir, con mirada directa en los ojos, eso garantiza confianza, así que memorizó una serie de preguntas que pudieran entablar confianza sin generar sospechas, lo que iba a ser un molde de cuestiones para generar confianza se vuelve una charla interesante.

—Esa medalla ¿Eres creyente? —pregunta Eva.

—Claro ¿Una prostituta no puede tener fe?

—No…no me refiero a eso, pero imaginaba otra cosa, disculpa.

—No te preocupes. ¿Te puedo preguntar algo?

—Adelante.

—Se ve que eres alguien muy fina como para andar en estos lugares.

— ¿Por qué lo dices?

—Tu vestimenta, sí, es ruda, pero tu postura desentona con ella, lo derecho de tu columna y lo preciso de tus movimientos pareciera que eres alguien muy metódica, las personas metódicas tienen buena educación, aparte de que eres muy atractiva, puedes conseguirte a la persona que se te dé la gana ¿Por qué gastar por una? —lo dice mientras Eva sirve en los vasos.

—La pregunta es mía, eres muy lista y joven como para trabajar en algo así ¿Por qué?

—Yo pregunté primero

—Quiero algo rápido sin compromisos, y me doy el lujo de pagar por ello. Ahora tú.

—Que rara, me intrigas mucho —se aproxima a besarla en los labios, Eva lo evita.

—Aún no, espera un poco, hermosa. —El corazón de Eva está a mil por hora, logra tranquilizarse un poco— Te escucho.

—Tengo una pequeña de dos años, este trabajo me permite evitar que cometa los errores que yo. —le sigue un breve silencio, Coatzin se comienza a aproximar poco a poco a los labios de Eva, la cual queda petrificada. Eva aleja despacio sin perder el estilo. Coatzin se muerde los labios al verla alejarse—Bueno ¿Qué voy a hacer aquí? ¿No te gusto?

Eva queda hipnotizada con la mirada nostálgica de Coatzin, como si hubiera visto en ellos los estigmas en las manos de una santa.

—Dios —dice impactada Eva.

— ¿Qué?

—Jamás había visto unos ojos tan expresivos —Coatzin responde con una mirada entrecerrada poniéndose a la defensiva y aleja la vista a otro lado tomando de su bebida.

Conectan y desconectan la mirada en tres ocasiones, víctimas de la timidez, todo en cuestión de segundos. Rompen el silencio con varias carcajadas. La plática se prolonga gran parte de la noche. Cada una presta atención a la otra y hablan de sí, sin pretender, sin fingir nada, todo fluye natural.

—Esperanza —dice Coatzin, imitando la voz de una niña que suplica un helado—, Ven a mi casa esta noche.

Eva muestra una expresión anonadada, pero después se posa firme y contesta.

—Bien, vamos.

Coatzin pasa con el cantinero y le entrega una faja de billetes, le dice algo al oído, se besan en la mejilla y se dan un corto abrazo de despedida. Toma su abrigo, se dirige a la mesa, toma la mano de Eva —Vámonos— dice y camina sin soltarla. Llegan al carro de Eva. Las maniobras de Coatzin se reducen en dejar caer la cabeza en el hombro de Eva mientras conduce. Eva se quita la chamarra y cubre a Coatzin. "¡Tranquila, no pasará nada más, le explicarás y ella entenderá todo! ¡Sí, ella lo entenderá todo!": se dice a sí misma mientras conduce. Siente un frio que baja de su cuello, aligera y desaparece cuando Coatzin realiza cariños a su rodilla. Llegan al departamento.

—Ocupo decirte algo —dice Eva.

—Siéntate y dame un segundo, no tardo —dice Coatzin acariciando la mejilla de Eva, y se aleja a un pasillo.

Eva observa la decoración del lugar, nada sorprendente, excepto los cuadros familiares, en uno de ellos puede ver las fotos escolares donde Coatzin es el mejor promedio de sus escuelas. No hay foto de universidad.

—Ahora sí ¿Qué me querías decir? —dice Coatzin desnuda, recargándose en una de las columnas de la sala, introduce a su boca una paleta roja y la succiona sexymente.

—Nada —le dice hipnotizada Eva a Coatzin. Coatzin sube encima de ella con sus piernas de cada lado.

Se besan en la incandescente oscuridad de su cuarto, dando vueltas, una encima de la otra, una y otra vez, siguiendo un ciclo erótico que las fusiona. El choque de ellas tira el rosario de una de las esquinas de la cama.

—No pares —dice Coatzin jadeante.

Al acabar el ritual, Eva reposa en el pecho de Coatzin y susurra en su oído antes de caer dormida.

—Soy Eva.

Amanecen abrazadas al día siguiente, Eva toma sus cosas desorientada, Coatzin no se mueve, sigue abrazada por los lazos del sueño, Eva sale, sube a su carro, y se dirige a la catedral de la ciudad, al llegar se aproxima a una de las bancas, se pone de rodillas y reza. "Mi señor, no hay nada más perfecto que tu camino, que lo que has elegido para mí, no me desvíes de ese camino": mientras ora con las manos cruzadas en las que reposa su cabeza. Ve salir a una mujer abrazándose el vientre y agachada, caminando con un dolor que apenas le permite seguir, como si tuviera un puñal cruzándole de lado a lado, pequeñas gotas de sangre salpican de su entrepierna, Eva la sigue.

— ¡Disculpe! ¡Espere! ¿La puedo ayudar en algo? —la mujer se aleja apresurando el paso y perdiéndose en la multitud.

Eva regresa recordando que la mujer venía de un lado del altar, quizá de la sacristía, acude ahí esperando que alguien le pueda dar información. No hay nadie, los asientos se encuentran tan solos como cuando salió, se escuchan los golpes de sus zapatos con el piso, se pausa el sonido y le sigue el rechinido de la puerta de la sacristía.

— ¡Hola! ¡Se encuentra alguien? —se aproxima a encender la luz, al dar media vuelta queda paralizada, el contenido de una serie de frascos de vidrio acomodados uno encima de otros es la causa.

Eva corre, el instinto la lleva a su carro, piensa unos instantes, enciende el carro y se guía al monasterio, estaciona, baja corriendo y entra al edificio, topa con una de sus hermanas de orden y la tira.

— ¿Hermana, Eva? —dice la monja sorprendida desde el suelo y mirando hacia arriba— ¿Se encuentra usted bien? —Eva se aleja corriendo.

Entra y desordena su cuarto buscando algo, la encuentra, una biblia falsa llena con una faja de billetes dentro, los toma, corta una hoja y arroja el libro. Escribe una dirección y se dirige hacia el departamento de Coatzin. Recibe llamadas de la madre Claudia, apaga el celular, no tiene otra alternativa. Llega al departamento, toca bruscamente, casi tumba la puerta.

— ¿Qué pasa? —dice Coatzin bostezando y con los rasgos somnolientos—Creí que te quedarías a desa…

— ¡No hay tiempo! ¡Toma esto! —entrega la enorme faja de billetes.

— ¿Y todo esto? —Coatzin jamás había visto tanto dinero, ni siquiera en su profesión.

— ¡Huye! ¡Llévate a tu hija! ¡Corren un gran peligro!

— ¡Eva! —dice rodeándole las mejillas con sus palmas.

Se tranquiliza todo el ambiente, sus miradas clavadas soldan un silencio constante. Eva se aproxima a su lado y rodea las mejillas con sus palmas de la misma manera.

—Nunca creí sentir esto, le pedí a Dios una señal, y me la dio…Coatzin, te amo.

Un fuerte beso rompe el silencio y lo hace luz. Se alejan, dejando un micro espacio en el cual intercambian su respiración.

—Yo también te amo —dice Coatzin recargando frente con frente.

—Tienen que irse, por favor, hazme caso.

Coatzin no toma decisiones tan contundentemente sin verse beneficiada, pero es verdad, no mintió. Está locamente enamorada de Eva.

—Te veré en esta dirección, tengo aún algo por hacer—entrega la hoja arrancada, da un beso con mucha fuerza y se aleja sin mirar atrás.

Coatzin comienza a empacar. Eva conduce a máxima velocidad, hace parada en una gasolinera, carga varios litros en un galón de plástico, se dirige al monasterio. Estaciona el carro generando un gran chillido, entra silenciosa pero ágil al monasterio, nota que no hay ninguna hermana, así que prosigue, empapa el tapete de la entrada siguiendo un camino hacia los dormitorios y la cocina, abarca puntos estratégicos, devastará su antigua casa. Incendia dormitorios. Derrumba y agrupa muebles en la iglesia, el punto clave y rocía alrededor con lo poco que le queda de gasolina.

Un instante es el momento crucial que cambia una historia. El instante donde decides ser monja y entregar tu vida al Señor, el instante que aceptas una misión de evangelización, cuando besas a una prostituta, duermes con ella y le dices que la amas. El instante en que decides quemar tu pasado, el instante no vuelve, el instante es un pétalo que se aleja en el viento.

En un instante Eva se sacude bruscamente en el suelo en posición fetal. Entra la madre superiora Claudia por la puerta principal de la iglesia, acompañada de cinco hermanas.

— ¿Qué me está pasando! —grita vesánicamente Eva, siente como si tomaran sus vísceras y las licuaran una y otra vez.

—Llévenla pronto a la habitación, no hay que demorar ni un segundo —dice la madre Claudia.

— ¡Déjenme! ¿Qué me van a hacer! —dice Eva mientras evita torpemente ser capturada.

Eva es cargada hacia uno de los dormitorios, todo el fuego cesó como si nunca hubiera aparecido. Hay una decoración de veladoras rojas en cada punta del pentagrama que rodea la cama donde se encuentra Eva.

— *Adiuro te demon qui, adiuro te demon qui* —dicen repetidamente mientras frotan el vientre de Eva que se encuentra atada a cada esquina de la cama.

— ¡Puja, perra! ¡PUJA! —grita la madre Claudia

viendo la entrepierna de Eva— ¡Se acerca! ¡Falta poco!

Emerge una protuberancia roja de la vulva de Eva.

— ¡Déjenme! ¡DÉJENME! —suplica Eva.

Eva realiza una mueca de impresión ampliamente gesticulada antes de caer desmayada. Un chillido invade la habitación. Las hermanas no dejan de orar *"adiuro te demon qui, adiuro te demon qui"* mientras limpian el producto y lo entregan a los brazos de la madre Claudia.

—Es precioso, por fin, lo hemos logrado —dice impactada la Madre y se aproxima a dar un beso a la criatura, una enorme rata roja de cola larga y gruesa que duerme en sus brazos.

En la estación de autobuses, Coatzin se dirige a la dirección indicada por Eva. Lleva en brazos a su hija. El frío viento ondula su cabello y al rosario enredado en su mano derecha, el mismo que dejó Eva cuando hicieron el amor.

Bienvenido al mundo (síntesis del fin de los tiempos)

"I see tres of Green / red roses too / I see~
them bloom for me and you / And I think to
myself what a wonderful world"

Louis Armstrong – What a wonderful world

Por haber escuchado a tu mujer, comiendo del árbol del que te prohibí comer, por ti será maldita la tierra.

No pensaba que accediera tan pronto, fue como quitarle un dulce a un niño, sólo que en lugar de dulce obtuvo a la niña.

No era la primera vez que Daniel Rodríguez Alfaro, alias "El Chota" saciaba su parafílico deseo. Seis años antes fue uno de los detonantes para su destitución de grado en la policía, pero no fue el relevante, su más que obvia vinculación al narcotráfico los obligó para no tener presión en los medios, acto que les dolió demasiado, la agencia policiaca perdió a su mejor camello.

Podemos culpar a Daniel de todas la serie de injusticias de las que formó parte, pero podríamos entenderlo un "poco", tan sólo un poco, si supiéramos las palizas diarias propiciadas por el padre, el hambre y su uniforme roto diario en la escuela, el miedo de llegar a su casa, la tranquilidad de saber que hay chicos igual que él y sentirse parte de un circulo que lo cuida en las calles, y sobre todo, como un cigarro de mariguana te desvía de la realidad. Lo triste es, que a pesar de su sufrimiento, nada justifica su demencia.

La voz de la sangre de tu hermano clama a mí desde la tierra, que abrió su boca para recibir de mano tuya la sangre de tu hermano. Cuando labres no te dará fruto, y andarás por ella fugitivo y errante.

La lleva de la cintura como a una muñeca, la amarra en su cama, venda su boca, pone en una grabadora vieja un casete de Mayhem y comienza a sonar fuerte *de mysteriis dom sathanas*. Saca de una sucia caja de herramientas navajas, vidrios, un encendedor y una botella de alcohol barato. Planea divertirse esta noche.

Al ver la habitación de Daniel pensaríamos que es alguien completamente desordenado y descuidado, pero la verdad es más compleja, recolecta cualquier cosa que considera importante, imagina su casa como un museo de recuerdos a los que puede acceder a unos pasos en su casa, aunque preferiría que su memoria fuera así, enterrada por pilas y pilas de recuerdos que se rehúsa a ver, dejando sólo los que le gustan a la vista. Aunque su pasado es más bien un sello de fuego en la piel que no ha cicatrizado.

Con uno de los pedazos de vidrio comienza a cortar por debajo de la uñas de los pies de la niña, usa una navaja para cortar a trozos la ropa de la infante, el metal suena en su máximo resplandor.

Tú que destruyes el templo y en tres días lo levantas, sálvate a ti mismo si eres Hijo de Dios y baja de la cruz... ¡Dios mío, Dios mío! ¿Por qué me has abandonado?

Daniel goza la tortura porque le hace sentir alguien importante, les hace entender, él manda y sabe lo que se tiene qué hacer. Le hubiera encantado tener ese poder cuando su padre lo moldeaba a puñetazos.

Daniel cachetea a la niña hasta dejar sus mejillas

rojas y punzantes. Hace pequeños cortes en su abdomen, pasea la sucia lengua en su limpia piel, desde los dedos del píe hasta el abdomen, sintiendo la sangre fría, "¿Fría?": piensa y eso lo excita más.

—Eres una pequeña, perra

—Lo soy, idiota —responde una voz grabe.

Daniel voltea precipitado, mira a la niña indefensa y hace como si no pasara nada, continúa con su ritual. Quita su cinto y golpea con él a la niña, dice:

— ¿Tienes miedo, verdad?

—No, ni siquiera poco —dice la niña con la voz grabe.

Al abrirse el séptimo sello hay un gran silencio en el cielo durante media hora. Aparecen luego siete ángeles con siete trompetas. Al sonido de las cuatro primeras se desencadenan nuevos azotes: granizo y fuego mezclado con sangre...muere una tercera parte de las criaturas con vida.

Daniel da un brinco de asombro, ve que la piel de la niña infla, le brotan unos dientes afilados y comienza a despedir un olor acido. Daniel huye apresurado.

—Sabes, esta es mi parte favorita —dice la criatura—. En la que salen corriendo como niñitas.

La criatura corre, se escuchan los guturales de la grabadora: *Rex Sacriticulus Mortifer/In the circle of stone...*

La bestia muerde la pierna de Daniel cuando trató de quitar todos los cerrojos de su puerta, siempre creyó que le servirían, por eso tapizó su puerta de ellos. Se escucha un fuerte chorreo como manguera, la bestia se pone encima de su pecho.

— ¡No, por favor! ¡Piedad!

— ¿La hubieras tenido con la niña?

Y el diablo que los extraviaba será arrojado en el estanque de fuego y azufre, donde por los siglos de los siglos acompañará a la bestia y al falso profeta.

Las políticas no han podido resolver el problema con la plaga criminal en el país. Aún hay buitres buscando carroña.

—Hola, niña ¿Estás perdida?

— Sí ¿Has visto a mis papás? —el violador pasa desapercibido la voz gruesa de la bestia… digo, de la niña.

Carnaval

"!Ay de los que a lo malo dicen bueno, y a lo
bueno malo; que hacen de la luz tinieblas, y
de las tinieblas luz; que ponen lo amargo por
dulce, y lo dulce por amargo!"

Isaías 5:20

Devotos venir a Dr. Ignacio Hierro

303 Col. Centro. Salón de Hostos (hasta arriba, hasta dentro y hasta el fondo). Viernes 12:00 a.m.

No es la primera vez que Arturo busca algo nuevo. Esta vez encontró una invitación pública en los oscuros rincones de internet.

La última vez terminó en un club *strip tease* para señoras ancianas, tuvo buenas propuestas, pero nada que llene a un hombre vacío.

Comió, bañó, talló, enjuagó, secó, vistió, cepilló y salió. Todo listo para llegar antes. "Aquí no hay personas puntuales, los pocos que hay, algo bueno deben de tener": pensaba.

Le recibió al llegar una gran puerta colonial de madera, estaba abierto y decidió entrar a inspeccionar. Era un edificio majestuoso y antiguo. Lidió para poder encontrar el salón, al final terminó entendiendo las instrucciones "hasta arriba, hasta dentro y hasta el fondo", parecían burdas las indicaciones, mas sin ellas no hubiera llegado.

Había muchas chicas atractivas y otras personas indistinguibles, al igual que otros tipos muy bien arreglados del lugar. Todos los hombres de antifaz vestían con guantes blancos de algodón, pashminas y sombreros estrafalarios, en verdad se veían muy bien, mas tanto adorno no permitía ver ni una fracción de piel.

Las mujeres de antifaz remplazaban la pashmina con un abrigo de piel a tope hasta el cuello, atractivas muñecas de porcelana con cabello negro intenso o castaño madera, sin embargo, herméticos a la vista como el pistilo de una flor sin medrar.

Los que carecían de antifaz vestían variado, pero elegante, y se mostraban con desinterés y sin la oscuridad transmitida por los de antifaz. Portaban unos finos binoculares para teatro y ópera.

Arturo no platicaba con alguien, le parecía raro no llamar la atención, vestía formal, pero no al nivel de ninguno de los invitados, quedó solo bebiendo vino tinto aterciopelado en una copa tipo borgoña.

Al dar la 1:00 a.m. cerraron la puerta para entrar al edificio del salón de Hostos, la gente se centró desde el pasillo central rumbo al salón.

Bajó la intensidad de la luz blanca y aumentaba una luz roja en la atmosfera. El volumen de voz de las personas, disminuyó a par de la luz.

Una serie de sombras se proyectaban en los largos muros del edificio y caminaban hacia el salón. Igual que borregos, todos apresurados siguieron las sombras.

Al entrar había unos escalones que llevaban a unas mesas, parecía que los antifaces flotaban al subir los tipos a las mesas.

Arturo no poseía binoculares, así que se alzó de puntillas al momento que subieron las luces y los músicos interpretaron balbuceos para piano metamorfoseado de Julián Carrillo.

— ¡Dios, sublime!

—Y exquisito —decía una anciana y su viejo acompañante.

Arturo quedó aturdido al ver las pieles desnudas de las personas con antifaz en las mesas (cicatrizadas, mutiladas y pisadas). Era toda una carnicería.

En un rincón una joven delgada pelirroja escupía su mano y la llevaba a la entrepierna, con su otra mano sostenía el mango del binocular apreciando con gran atención el acto.

Los de antifaz pusieron de rodillas y extendieron sus brazos, al momento los meseros entregaron un equipo de amplias cuchillas, cada una para determinada parte del cuerpo y empezaron a desgarrarse su ya desgastada piel.

Los meseros empezaron a repartir lubricantes a los espectadores en charolas de plata, agotaron pronto.

Una de las marionetas desmembrada tomó un cuchillo corto en forma de hoz, empezó a rebanarse el dedo índice de la mano izquierda (todos empezaban a masturbarse, todos menos Arturo, que ingenió la única salida), ya agotada toda parte pelable de la falange, continuó con el dedo medio.

Jadeando un tipo gritó: "¡No, no, me…me…mejor el pene!".

Y con el ideal de al público lo que pida, el títere cadavérico cambió de instrumento, esta vez por un bisturí, el que utilizó con una maestría médica para dejar una avulsión colgando al nivel del escroto, que jalaba vesánicamente.

Las mujeres no se quedaban atrás, una empezó a rebanar como papaya los labios mayores y menores, si le podemos llamar así a los pliegues aformes que rodeaban el orificio vaginal con los bultos cicatrizados de dermis.

Arturo ansioso, seguro de sí mismo, tomó su copa borgoña y con porte caminó hacia la puerta que daba salida del pasillo del salón de Hostos, donde se realizaba el festín. Al transcurso empezó a sentir escalofríos y mareos, sólo había tomado una copa. Nadie se preocupó por Arturo, estaban tan ocupados y la noche apenas comenzaba. Sudoroso, Arturo llega hasta la puerta, nota una píldora desgastada al fondo de su copa, la deja caer.

—Ven, hijo. Te daremos la bienvenida —dijo uno de los meseros, dando una palmada en el hombro a Arturo. El mesero alejó.

"¡Tengo que salir de aquí!": Pensó Arturo, conforme se alejaba de la puerta y caminaba hacia el escenario. "¡No! ¿Qué está pasando?": Arturo ya no tenía control sobre sí mismo, y al entrar en conciencia de ello, sintió un fluido caliente bajarle por las piernas.

Al entrar Arturo, los descuartizados títeres empezaron a bajar, y los meseros ponían en el escenario un espejo de tres por dos metros, estilo francés del siglo XIX con marco de oro apuntando a los espectadores, que mostraba un reflejo en negativo de las imágenes.

— ¡Grandioso, un moreno! ¡Cuánto sin tener uno! —decía la anciana masturbando a dos tipos.

Sin control alguno, arriba del escenario a Arturo, empezaron a brotarle las lágrimas.

La pelirroja corrió del rincón hasta en frente de la mesa con las piernas temblorosas, hincó y desarticuló el mango de los binoculares para masturbarse, lo introdujo y dejó colgando de su vagina. Por encima de los lentes se encontraban unos botones, los apretó y empezaron a vibrar sus blancos muslos, sudando y postrada ante el escenario, contempló.

Arturo quedaba de espaldas ante el público, se generaba una estética vista al tener el espejo de frente, a su derecha se encontraba un equipo de cuchillas.

— ¡Que empiece con la nariz! —gritaban dos parejas de novios jóvenes.

— ¡Estos chicos de ahora! siempre ha sido una tradición empezar con la cabeza, la nariz se toma a veces en cuenta según la fase lunar —decía la anciana ahora en cuatro, siendo penetrada y dando sexo oral.

—Es luna nueva, por lo tanto corte libre —respondió uno de los chicos. La anciana no dio señales de atención, en cambio quedó gimiendo con el miembro en la boca.

Un mesero subió al escenario, tomó una navaja y

entregándosela a Arturo, dijo:

—Esta es de principiantes, te facilitará la nariz.

Tomando la navaja con mano temblorosa, Arturo empezó a cortar en pequeñas tiras su nariz, al verlo recordaba esos videos relajantes de cortes de barras de jabón.

La Pelirroja gritaba con los ojos en blanco, sus muslos temblaban más que las manos de Arturo.

— ¿Qué, por qué se detuvo? —decía alguien de los espectadores.

Sólo duró un instante de rodillas ante el espejo observando su hueso nasal antes de estampar contra el suelo.

Arturo cayó inconsciente, al igual que la pelirroja con un charco de fluidos alrededor de las piernas, una serie de depravados masturbándose, bebiendo y riendo, una orgía demencial, y una noche que apenas comenzaba.

Arturo despertó el día siguiente, fue atendido brevemente por una enfermera.

—Tranquilo, todo está bien. Está en recuperación, yo y mis compañeras nos encargaremos de que se alivie…se me olvidaba, le trajeron un presente, está de aquel lado en esa mesa —la enfermera le entregó un paquete y salió del cuarto.

El sobre contenía un espejo, desesperado, quitó la venda que rodeaba su cara, pudo ver su nuevo rostro, Arturo empezó a estremecerse a carcajadas. En la mesa se encontraban unas rosas y a lado, un antifaz rojo.

Necromántico

"Acabemos con esto / No tiene caso ya /
Míranos como estamos / Desfigurados /
Cansados / Amanecidos / Perdidos / Podri~
dos en nombre de la vida

Eternos – Leonora Post Punk

I

Despiertas, tienes una resaca de látigos y patadas atacando tu cabeza, hueles tu boca, el mismo hedor como siempre. Como si no fuera poco, es lunes y tienes que trabajar. Qué horror perder a alguien en lunes, apenas vas agarrando vuelo para la semana y te llevan de bajada, pero bueno, trabajo es trabajo, "¡bendito dios hay trabajo!": piensas.

Llegas a las seis a.m., tienes una hora para dejar todo listo en el panteón. Limpias lo que se te pidió, te das cuenta que hay más lugares sucios. Das una vuelta completa al cementerio, lo comparas a cuando entraste, y no estaba la cantidad de difuntos que hay ahora.

Cuatro de la tarde, los rayos se amarran con la tierra, se abrazan, convierten en espejo al suelo, reflejando el calor, volviéndolo más intenso. Las lápidas se transforman en perfectas parrillas, y alrededor sólo se ve el paisaje rojo humeante y el olor seco. Unos jóvenes desconsolados entran cargando el ataúd, la pendiente rumbo al lugar es pesada, pero el dolor de la partida camufla todo pesar ajeno a la perdida. Los jóvenes dejan el ataúd en el carro mortuorio y se derrumban a llorar encima de él.

— ¡Cuídanos mucho… Elena! —gritan amigas de la difunta.

La familia abre el ataúd para desplomarse encima, lo notas, es ella, hermosa como siempre. La chica que tuviste en tus insomnios, la de cabello castaño y piel de porcelana, la delgada que parecía volar como un listón, la mujer flor, sonrisa nube, andar ave, está muerta, y jamás tuviste el valor de decirle que la amabas. La recordaste por siempre, aunque no la volvieras a ver en tu vida, qué patético.

Ya fue mucho de tu llanto, evitas romperte, las pocas lágrimas se mezclan con el sudor, pasas desapercibido. Junto a los empleados del servicio fúnebre bajas el ataúd y sellan con los bloques y el cemento, el viudo tira una flor y el primer puño de tierra, duras un rato encima del bloque viéndolo. "No puedes ser tú, Elena": piensas, y aunque tengas la cabeza fija, la mirada se pierde.

—Oiga ¿Todo bien? —te preguntan.

—Sí, pensaba que no habíamos fijado bien —respondes.

Ves al que ocupó tu puesto: viste bien, tiene clase y cuerpo de atleta, definitivamente le dio lo que nunca hubieras podido. "La hubiera hecho muy feliz": piensas. No la volviste a ver en tu vida.

Llenan el hoyo, ubican las coronas y flores, sigue la rutina habitual. Se abrazan, lloran, preguntan dónde será el rosario, se despiden, vuelven a llorar, se abrazan y alejan olvidando esa tumba. Hay algo raro en las personas cuando termina un entierro, conforme van a la salida, no miran hacia atrás.

Los panteones de noche son más estéticos de lo que

las personas creen, el sol no tortura su piso, tiene un aroma a hueledenoche, la luna le dota de colores, es como ver a un quetzal dormido bajo las estrellas.

Ninguna como ella inclusive muerta, muerta es más viva que otras. El simple roce de su piel te hubiera hecho mejor persona, lo sabes porque así era mientras la mirabas perderse entre la multitud y el recuerdo. ¿Vas a dejar que esto se quede así? Eres un cobarde, sin los pantalones para decirle que la amabas, te pudo haber mandado al carajo, pero lo sabrías, ni eso te queda.

Sientes una chispa fuerte, una energía incontrolable, piensas bien, lo harás… será tuya para siempre. Ingenias el plan, llevas tus herramientas y comienzas la maniobra. Excavas arduamente la tumba, después de horas logras llegar a las placas, las derribas bestialmente con el mazo, nada ni nadie te detendrán ahora de tu amada. Tus manos callosas, jamás realizaron acciones tan exageradas. Llegas, abres lentamente, no lo puedes creer, el momento que estabas esperando toda tu vida, nadie se interpondrá entre ustedes, ni tu prepa trunca con su alta preparación académica, o la clase social de su esposo con tu salario mínimo, nada, ahora son sólo tú y ella. Tus ojos brillan y al abrir completamente la caja.

— ¡Ay, no mames!

Sí, efectivamente… estás-bien-pendejo. Sales despavorido, el hedor consume el alrededor, el equivalente a varios gatos y perros muertos con orina y heces, nada se compara, vomitas y te percatas de que te has confundido de tumba. Esta muerta es más vieja y está en descomposición. La tumba que quieres, está justo al lado tuyo.

Después de tranquilizar el asco, te cubres con tu playera y entras a cerrar tu error. Estás cansado, te sientas en una lápida, respiras profundamente y entras en un penetrante sueño. Ves como Elena, tu Elena sale a través de la tierra vestida de rosa, bailando y levitando de tumba en tumba, llega hasta ti, su cabello flota y brilla, te besa, correspondes. Te pegas en una estatua al quererla besar y despiertas. Ves inspirado la tumba, "Si me apresuro, podré sacar a Elena": piensas. Duras otra parte de la noche intentando. Lo logras. Ahí está.

Es infinita y tuya, la noche es tuya, Elena es tuya.

II

Después de una investigación, descubres como conservar el cuerpo de Elena. Nadie se podría imaginar la ventaja de tener un almacén de trabajo sólo para ti. Te has divertido bastante, la amas, pero no te escucha, le murmuras a su oído y lloras. Buscas en internet "¿Cómo revivir a un muerto?", encuentras RCP, desfibrilación, artículos médicos complejos, nada que te sirva.

Consultas en la dark web:

Necromantico: Hechizo avanzado de resurrección, consiste en revivir a una persona amada a través de un sacrificio equivalente al amor que se tiene a esta persona. El termino proviene del latín necros (muerte) y del latín romanticus (referente a lo característico de romance). No confundir con nigromancia.

Te es útil. "¿Magia, a este grado he llegado?" te cuestionas, no tienes otra alternativa. Lees todo el artículo, tomas nota de los elementos y el procedimiento.

El difunto deberá encontrarse presente con el siguiente signo grabado en su pecho al nivel del corazón., con una medida de diez o quince centímetros de ancho y largo. Se recomienda usar bisturí para lograr más precisión en el corte, no obstante puede usarse cualquier material punzocortante improvisado.

Es muy importante que el ritual se realice las primeras horas de iniciar la luna nueva, de lo contrario no se tendrá efectividad.

El difunto tiene que descansar dentro de un triángulo de esperma de toro y menstruación de vaca, boca arriba, extendido, con sus dedos entrelazados y reposando manos en el abdomen. Deberá proporcionar un sacrificio en una de las puntas del triángulo la persona que lleva a cabo el ritual, en otra punta un objeto de gran valor para el difunto y en la última punta, un objeto que vincule la relación de ambos (difunto-ritualista).

Todo esto deberá estar completo cinco minutos antes de empezar la luna nueva.

El ritualista subirá al cuerpo desnudo del difunto, con un puño de tierra y una semilla de manzana en la mano izquierda, besará al difunto posicionando el puño con el contenido mencionado (sin dejar de besar) untando el elemento en el pecho a nivel del co-

razón donde se realizó la marca de piel, sin dejar de embarrar el contenido. Después de distribuir bien en la marca, se cortará la mano derecha y dejará caer sangre en dicha marca (la suficiente para generar una mezcla lodosa con sangre), regando bien la semilla. Por último se tomará la semilla y se pondrá a través del último beso del ritual dentro de la boca del difunto. El ritualista pondrá la semilla en sus labios y al besar al difunto introducirá la semilla en su boca.

Feliz nueva vida.

Quedas impresionado. Realizas una profunda planificación en una libreta, investigas, la próxima luna nueva es el lunes y faltan cinco días. Terminas la planificación. Abres algo de espacio en el panteón. Al día siguiente buscas a ganaderos pero ninguno tiene semen, uno de ellos te dice "Pos menstruación han dejado las de ese corral pero está revuelta ahí en la tierra… ¡Pa qué chingaos la quiere!". Te haces pasar por un destacado investigador y logras llevarte un bote de esa tierra maloliente. Sigues en busca del esperma, un ganadero te recomienda el laboratorio de ganadería del gobierno estatal. Sí, tienen esperma; pero se te niega la venta, sobornas con una jugosa cantidad, un tipo acepta y te entrega varios frascos. Son suficientes para el triángulo. Lo demás es fácil; Bisturí, la semilla de manzana y el beso.

Posicionas a tu amada, te imaginas que es la boda que jamás tuviste y te emocionas. Todo está en orden, todo menos una cosa, debes marcarla. Tomas el bisturí, ubicas la zona del corazón, esperas, pero sabes que no puedes. Su piel es sagrada y no debería profanarla tus sucias manos.

A kilómetros de ahí, Santiago, viudo de Elena, tiene un sueño impactante. Él se encuentra petrificado, con sus brazos rodeados por cinta adhesiva, inmóvil mira en frente suyo, de cuclillas abrazando sus piernas en un fuerte lamento se encuentra Elena, suplicando a Santiago desesperada.

¡Sálvame! ¡SÁLVAME! —mientras se desvanece en un espacio negro.

Santiago despierta aturdido, baja a la sala y toma un cuadro con la foto de ambos (él y Elena), la mira punzante, cae agotado al sofá.

III

—Algo no me convence. Todo estaba desordenado, como si hubieran vuelto a enterrar a alguien —Santiago pensativo, calla un instante—… nada estaba como lo recordaba.

—Tranquilo, es obvio que realicen limpieza, no iban a dejar para siempre los arreglos ahí —responde a Joaquín su amigo, Joaquín apuñala con su mirada el techo, sigue muy pensativo—… hermano, sé que no es fácil, pero tienes que empezar a avanzar, conseguir un pasatiempo, distraerte en algo más. Antes te gustaba mucho la fotografía ¿Por qué no la retomas?

Un silencio de segundos consume la charla, Joaquín sigue meditando, analizando cada parte del blando techo.

—Creo que tengo que descansar, estoy agotado.

—Sí, Joaquín. Cualquier cosa avísame, por favor.

Joaquín da un abrazo a su amigo, sale por la puerta y camina lentamente mirando el suelo. Despues de pensarlo demasiado, decide ir de vuelta al panteón sin importar que quede a kilómetros de ahí.

Sigue caminando, deberían dolerle las piernas como dos troncos astillados que fueron perforados. Pasa por el alto arco funerario que recibe a las personas, distingue un aroma dulce y ligero, ubica el origen, un tipo encorvado, tez blanca, extremidades delgadas con un abdomen redondo, carga una bolsa de la cual cuelga una pashmina rayada café con blanco.

— ¡Ey! ¡Señor! ¡Disculpe! ¿Puede venir! —grita Joaquín con lo poco que queda de aire en sus pulmones.

El tipo voltea y conmociona al ver la cara de Joaquín, termina corriendo.

— ¡No! ¡Espere! —dice Joaquín corriendo e inclinando rápidamente del cansancio. El tipo es una mancha que se vuelve cada vez más pequeña a lo lejos.

Joaquín se aproxima a la tumba de Elena, no encuentra nada, sigue estando igual que cuando levantó sus sospechas. Sale del panteón y toma un taxi rumbo a su hogar. Al llegar azota contra el sofá, sabe que tiene que subir y buscar esa prenda, la misma que hace unas horas fomentó sus delirios, pero se encuentra agotado, cierra por inercia los ojos y termina por dormir. En el sueño, se encuentra en el pasillo de entrada a su habitación, un aroma dulce, ligero y eterno proviene del cuarto que tiene la puerta entrecerrada, sabe que del otro lado se encontrará ella, dulce, ligera, eterna. Abre la puerta buscando.

— ¿Mi amor? ¿Elena?

Ve una sombra y se dirige a su origen, cae de rodillas. Elena se encuentra colgada con la pashmina rayada, regalo del primer aniversario entre ellos. Colgada y empapada de lágrimas. Joaquín despierta de golpe y con una respiración elevada, logra tranquilizarse un poco. Se dirige a la cocina y se sirve un vaso de agua, respira profundamente y piensa, trata de recordar ese rostro, él jamás olvida ninguno, recuerda la pashmina, sube al cuarto, tiene la puerta entrecerrada, no recuerda haberla dejado así, al entrar todo se encuentra aparentemente en orden, se dirige al cajón indicado, la pashmina no se encuentra, él que siempre fue un hombre ordenado y de buena memoria, reconoce por el espacio que ahí debió de ir otra prenda, siguiendo con la simetría de los demás cajones de Elena, igual de ordenada y meticulosa que Joaquín. Baja y se dirige al jardín trasero, el mismo que se prometieron en su joven noviazgo. Colapsa de rodillas, comienza a temblar en llanto. Fatigado de lamentarse mira el negro cielo, es en ese momento que un fuerte flash encandila su alma: "El panteonero, el tipo que enterró a Elena, es él". Entra corriendo a la casa y se dirige al baño, limpia su cara, está más concentrado. Se cambia de ropa: pantalón de mezclilla negro, chamarra de piel negra, guantes blancos de tirador, botas con casquillo (igual negras) y una PPK nueve milímetros con dobles cartuchos de repuesto. Antes de salir decidido toma el retrato de su boda con Elena, en el que se abrazan recién casados. La ve tan joven como si hubiera sido ayer, tan dulce, ligera, eterna.

IV

Terminas de dibujar el triángulo con esperma de vaca y semen de toro, cada objeto se encuentra minuciosamente ubicado como lo marca el ritual, la pashmina y la caja de cartas que jamás te atreviste a entregar a Elena, sólo falta tu sangre. Observas la luna, solo es un delgado contorno blanco, el cual piensas que dios dibujó con gis para ti ese día. Comienzas a quitarte la ropa, pareces una criatura burtoniana con esas flácidas extremidades y esa pequeña pero prominente bola que te cuelga como abdomen.

"¡Qué carajo hace este idiota!" piensa impactado Joaquín mientras observa escondido detrás de una construcción fúnebre.

Entras al almacén por un cuchillo, sales y ejecutas el corte en tu mano dejando un diminuto charco en la punta faltante del triángulo.

Joaquín sigue escondido, ve la pashmina, la reconoce y siente un frio que baja por su cuello al estómago. Su mente va a mil por hora, piensa todas las opciones probables pero ninguna concuerda.

Sacas del congelador a Elena, y la tomas entre tus brazos, cualquiera pensaría que la tienes ahí guardada como a una muñeca inflable, pero para ti es una figura Lladró de porcelana cuidadosamente protegida en una vitrina.

Joaquín respira en un intervalo controlado que

aprendió para la ansiedad, la cual regresó con la muerte de Elena. Espera y los segundos le parecen horas.

La peinas, recoges su cabello no queriendo que se ensucie, esperando que regrese intacta a su nueva vida. Maquillas su rostro y olfateas de su pecho a su oreja. "Maldita sea, eres perfecta": dices mientras abrazas y posas sus manos en tu pecho para sentirte correspondido por su cuerpo caído.

Joaquín es cazador, hábil, inteligente y cauteloso, igual que como le enseñó su padre. Pero la ira, al igual que todos nosotros, nos hace ser todo lo contrario: ineptos, torpes y descuidados.

Sales con Elena entre los brazos, es la noche de miel que no pudieron tener, la sitúas en el triángulo, empiezas a realizarle la marca con el filo del cuchillo. Escuchas muchos pasos y eres embestido. Intentas defenderte, no sabes lo que pasa. Recibes puñetazo tras puñetazo, tu instinto te lleva a atacar, sin saber qué es lo que pasa.

— ¡Vas a morir, hijo de perra! ¿Qué te hizo ella? ¡Hijo de tu pinche y puta madre! —grita Joaquín a la par de tirones y empujones en el suelo.

Intentas correr y recibes una patada en el culo y las bolas, te duele como diez mil agujas, caes boca abajo sofocado. Sabes que es tu fin, todo ha terminado, el dolor reduce y volteas protegiéndote de la misma manera que un niño se protege de los balonazos, ves que estás a salvo, aún tienes otra oportunidad.

—Volveré por ti, hermosa. Perdóname, no pude protegerte ni antes, ni ahora. Regresaré por ti, lo juro— dice Joaquín con mormado por el extremo llanto.

Joaquín mira alrededor y no te ve, escucha ruido rumbo a un camino empedrado, se dirige hacia allá. Hay diversas sombras y un pacífico silencio que se vuelve mortal. Camina bajando por ese terreno irregular entre las fachadas.

Te le dejas caer con una enorme piedra, volviendo su cuerpo un títere parecido a Elena, sabes que te hubiera matado si lo topabas de frente. Perdiste la noción del tiempo, puede amanecer y el ritual no se realizará, así que corres con tus pellejos rebotando y moviéndose como enormes olas. Llegas y concluyes la marca en el pecho de Elena, no habías notado, estás pintado de rojo, parece que una cubeta de pintura te cayó. Tomas la semilla con una mano y la otra con el puño de tierra, besas y embarras, vuelves a cortar tu lacerada y carmín mano, nada te duele si ella fue todo, mañana no hay sin ella y el ayer ya lo perdiste pensando en tenerla. Riegas bien la semilla. La pones en tu lengua. Te acercas a los labios de Elena. Introduces la semilla con un beso pasional. No abres los ojos. El aroma es rojo. Tu piel es roja. Elena es roja. El deseo es rojo.

¡TAZ!

Sientes un rayo en medio de tus cejas, abres los ojos, la tierra es negra, parece carbón, el cielo está pintado con una paleta roja, morada y gris, y el movimiento distorsiona las cosas. Elena camina hacia ti, con una sonrisa chueca y exagerada, se inclina para aproximarse a tu rostro, te ve de frente y tú de rodillas.

— ¡Elena! ¡Estás viva!

¡Oh mierda! ¿O estoy muerto?

Puedes seguirme en mis redes sociales para encontrar
más de mi trabajo.

Instagram: @josenahme

Facebook: José Nahme